NOTICE

SUR

M. LE DUC DE RICHELIEU.

DISCOURS

DE Mgr LE CARDINAL DUC DE BAUSSET,

À L'OCCASION DE LA MORT DE M. LE DUC DE RICHELIEU,

Prononcé à la Chambre des pairs, le 8 juin 1822.

PARIS,

J. G. DENTU, IMPRIMEUR-LIBRAIRE,

RUE DES PETITS-AUGUSTINS, N° 5.

MDCCCXXII.

IMPRIMERIE DE J. G. DENTU.

NOTICE

SUR

M. LE DUC DE RICHELIEU.

—

DISCOURS

DE Mgr LE CARDINAL DUC DE BAUSSET,

À L'OCCASION DE LA MORT DE M. LE DUC DE RICHELIEU.

M ESSIEURS,

On ne peut se défendre d'un sentiment bien douloureux, lorsqu'en portant ses regards sur toutes les parties de cette auguste enceinte, on y cherche en vain celui qui naguère occupait une si grande place dans cette Chambre et dans l'État, celui dont le nom, consacré par l'estime et le respect universels, était toujours invoqué dans les grandes crises ou dans les grandes calamités. Un coup terrible, imprévu, a frappé M. le duc de Richelieu, et la nouvelle de sa mort a précédé celle de son danger. Il a été enlevé dans la force de l'âge, dans la maturité de ses talens, plein encore du sentiment qui a dominé toute sa vie, celui du bien public.

A sa mort, toutes les passions se sont couvertes d'un voile, tous les partis ont rougi de leurs préventions, et le cri irrésistible de la vérité a proclamé sur sa cendre encore fumante, *que la France avait perdu un homme d'État, un homme de bien.*

Messieurs, vous avez vu long-temps parmi vous *cet homme d'État, cet homme de bien.* Vous l'avez constamment environné de votre confiance et de votre considération. Vous avez admiré ce caractère antique, si étranger à notre siècle et à nos mœurs, cette franchise, cette modestie, cette conscience, pour ainsi dire, de sa vertu, qu'il ne cachait ni ne montrait, parce qu'il ne croyait pas qu'elle lui appartînt plus qu'à tout autre. Vous estimiez le Ministre, et vous aimiez l'homme.

Tel était, en effet, l'ascendant de cette âme si noble et si pure, que, parmi tant de personnes de tous les états, de tous les rangs et de toutes les conditions, qui ont eu des affaires, des intérêts ou des prétentions à discuter avec lui, il n'en est pas une seule qui, en regrettant peut-être de n'avoir pas toujours vu ses espérances remplies, n'ait senti s'accroître l'estime qu'inspirait son beau caractère.

Le moment n'est pas encore arrivé de révéler tout ce que M. le duc de Richelieu a fait pour préserver la France des plus épouvantables désastres : des considérations du genre le plus imposant commandent encore une sage réserve ; mais on ne peut avoir oublié l'état où se trouvait la France en 1815, lorsqu'il entra au ministère, et celui où il l'a laissée lorsqu'il s'est retiré des affaires au mois de décembre 1821. Le contraste de ces deux tableaux offrira des pages bien mémorables à l'histoire ; il offre déjà à ses contemporains le sujet d'inépuisables regrets.

Les formes et les usages de la Chambre ne peuvent admettre des récits que l'histoire pourra seule retracer avec toute la grandeur et toute la dignité attachées à l'importance des évènemens, à la gravité des circonstances, et à la complication de tant d'intérêts qui embrassaient l'Europe toute entière.

A peine nous est-il permis de parcourir rapidement quelques traits de la vie et du caractère de M. le duc de Richelieu.

Armand-Emmanuel-Sophie-Septimanie de Richelieu, né le 25 septembre 1766, fit ses premières études dans une école célèbre, le collége du Plessis, l'une des plus belles fondations du cardinal de Richelieu, son grand-oncle. Il y puisa le goût et la connaissance des auteurs de l'antiquité. Les plus brillans succès l'annoncè-rent dès-lors comme un jeune homme appelé à de grandes destinées.

Il acquit de bonne heure une utile disposition, qu'il perfectionna dans le cours de ses longs voyages, à parler toutes les langues de l'Europe avec la même facilité que sa langue maternelle. Ce don heureux de l'art et de la nature lui valut, dans la suite, l'avantage inappréciable de pou-voir parler à chaque ministre étranger la langue de la nation dont il était le représentant.

Marié, presque au sortir de l'enfance, à l'une des héritières d'une illustre maison, il partit pour l'Italie immédiatement après la célébration de son mariage.

Les charmes et les distractions du voyage le plus attrayant pour un jeune homme, sous le beau ciel de l'Italie, au milieu des monumens de l'antiquité et des chefs-d'œuvre des arts, firent naître en lui cette passion des voyages, qui, dans la suite de sa vie, l'a conduit succes-sivement dans presque toutes les contrées de l'Europe, aussi long-temps que le chemin de sa patrie lui fut fermé.

L'homme le plus français, par les sentimens et par le nom, a été condamné, par les vicissi-tudes des évènemens, à passer la plus grande partie de sa vie loin de la France.

L'honneur et le devoir l'y rappelèrent au commencement de nos troubles, et il revint en France pour être témoin des premiers attentats de la révolution.

Il était venu passer quelques heures à Paris dans la matinée du 5 octobre. Il observe tout à coup les mouvemens atroces qui dirigeaient sur Versailles une populace ivre de sang. Tout passage était interdit. Une pareille contradiction ne pouvait pas arrêter un sujet dévoué et un jeune homme plein d'honneur. Il part à pied, traverse les hordes sauvages dont il entend à chaque pas les menaces et les imprécations, et arrive auprès du Roi au moment même où les premiers corps de la garde nationale étaient aux portes du château.

On sait quelles furent les suites de ces sanglantes journées. M. de Richelieu prévit, comme tout le monde, que la France allait être condamnée aux plus sanglantes convulsions, et que l'enchaînement des évènemens amènerait le moment où toute la noblesse attachée au service du Roi se trouverait réduite à l'impuissance de le défendre. Il partit pour Vienne, avec l'agrément du Roi.

M. de Richelieu portait un nom aussi connu dans toute l'Europe qu'en France même. Ce nom seul facilitait son accès auprès de l'empereur Joseph. Les qualités brillantes du jeune voyageur, des connaissances bien rares à son âge, séduisirent le goût et la bienveillance de l'empereur, qui prit une extrême affection pour lui. Il se vit admis dans l'intimité d'un prince en qui le malheur venait de développer des qualités encore plus attachantes ; mais sa santé était déjà altérée par les traverses d'une campagne pénible et désastreuse : il succomba sous le poids des chagrins qui étaient venus empoisonner les dernières années de son règne, et sous le coup non moins sensible de la mort prématurée de sa fille adoptive (1), qu'il chérissait avec une extrême tendresse.

M. de Richelieu était encore à Vienne lors-qu'il apprit que l'armée russe se disposait à attaquer Ismaël. Un jeune Français, du nom le plus distingué et de la plus brillante valeur, servait depuis quatre ans dans les armées russes ; son zèle et son jeune courage lui avaient mérité des distinctions prématurées qui l'avaient recommandé à l'estime d'une nation où le courage est compté pour la première des vertus. Le comte Roger de Damas était parent du duc de Richelieu. Un si noble exemple lui inspira

---

(1) N. de Wurtemberg, première femme de l'empereur François II.

une généreuse émulation. Il part de Vienne au milieu de l'hiver, avec le jeune prince Charles de Ligne, qui, peu d'années après, périt d'une mort glorieuse sur un champ de bataille. L'un et l'autre arrivent à l'armée du prince Potemkin, se font présenter à lui par le comte Roger de Damas, et en reçoivent l'accueil que méritait leur brillante ardeur. Peu de temps après, un autre Français non moins distingué, le comte de Langeron, vint se réunir à eux.

Le prince Potemkin avait chargé du siége d'Ismaël le général Suwarow, depuis si fameux. Ses instructions se bornèrent à ces seules lignes écrites de la main de Potemkin : *Vous prendrez Ismaël à quelque prix que ce soit.* Jamais un tel ordre ne fut adressé à un général plus disposé à lui donner une sanglante exécution. Le siége d'Ismaël restera célèbre dans l'histoire des guerres du dernier siècle, par le carnage effroyable dont l'impitoyable Suwarow honora l'intrépide résistance des Turcs. Ce fut le 22 décembre 1790, au milieu d'un hiver que l'âpreté du climat rendait encore plus rigoureux, que Suwarow, précédé des trois jeunes Français et du prince Charles de Ligne, entra, sur des monceaux de ruines et de cadavres, dans les murs renversés d'Ismaël. Ce fut sur ces remparts fumans que le jeune duc de Richelieu et le jeune comte Roger de Damas s'unirent par une confraternité d'armes et d'honneur qui ne s'est jamais démentie, et qui laisse aujourd'hui de si sensibles regrets, pour celui qui n'est plus, à celui qui lui survit.

La conduite de M. de Richelieu au siége d'Ismaël le fit connaître d'une manière avantageuse des généraux russes, et sa valeur fut récompensée par une épée d'or et l'ordre de Saint-Georges. L'anarchie qui régnait en France, et tous les titres qui l'attachaient à la famille royale le déterminèrent à s'attacher au service de Russie. Il s'y trouvait naturellement engagé par les distinctions que lui avait valu le siége d'Ismaël.

M. de Richelieu parut un moment à l'armée de Condé, et ce fut pour y porter les secours et les bienfaits de Catherine II, touchée d'admiration du généreux dévouement de son illustre chef et de ses nobles compagnons d'armes, de gloire et de malheur (1).

Lorsque la paix entre la Turquie et la Russie fut conclue, il se fixa à Pétersbourg, où son nom, ses qualités personnelles, les agrémens

____

(1) Une note qui arrive dans le moment où l'on imprime cette *Notice*, et qui paraît rédigée par un militaire parfaitement instruit des services militaires de M. le duc de Richelieu, parle de deux campagnes qu'il fit en 1792 et 1793, et ajoute *que cette même année il fut sur le point de s'embarquer à Ostende pour voler au secours des royalistes de la Vendée.*

de l'esprit le plus cultivé, et son noble caractère, le firent accueillir avec empressement à la cour.

Au moment où le prince *Alexandre* devint grand-duc, il attira dans sa société intime et dans celle de la grande-duchesse son épouse, le jeune duc de Richelieu; et cette époque de sa vie en a été certainement une des plus heureuses.

S'il était permis d'établir un pareil rapprochement entre un simple particulier et le souverain de la plus puissante monarchie du monde, on pourrait dire que jamais deux hommes n'eurent plus de conformité par l'élévation de l'âme, la loyauté des sentimens, et un amour passionné pour le bien de l'humanité. C'était dans le vertueux épanchement de ces entretiens, toujours dirigés vers les moyens de rendre les peuples heureux, qu'ils aimaient à voir, dans un avenir plus ou moins lointain, l'accord sagement combiné du pouvoir et de la liberté.

M. de Richelieu profita de la paix qui s'établit tout à coup entre la France et la Russie, pour venir faire un voyage à Paris.

Le désir de revoir une épouse dont les vertus touchaient son cœur et méritaient son respect, et deux sœurs qu'il avait perdues de vue depuis leur enfance, et qu'il chérissait avec tendresse, lui fit entreprendre ce voyage aussitôt qu'il put

en obtenir la liberté. Il s'était également pro-
posé d'assurer le sort des nombreux créanciers
de son père et de son grand-père. Il fut assez
heureux pour remplir dans toute son étendue,
un devoir sacré pour sa délicatesse et sa justice.
Il fit en cette occasion ce qu'il a fait toute sa
vie : il sacrifia tous les droits qu'il pouvait pré-
tendre, et il ne lui resta pas le plus faible dé-
bris de l'immense héritage du cardinal de Richelieu, dont le testament de famille n'est plus
qu'une pièce curieuse et intéressante de l'histoire par l'amas des richesses, des titres, et de
domaines dont il offre la plus étonnante et la
plus magnifique dispensation.

Le testament de M. le duc de Richelieu, s'il
en eût laissé un, aurait offert un bien noble
contraste avec celui de son grand-oncle : treize
mille francs de rente sur le grand-livre compo-
sent toute sa succession.

A peine put-il jouir quelques mois de la douceur de cette vie intérieure qu'il goûtait pour
la première fois. L'esprit inquiet de Bonaparte,
et des exigeances dont l'objet ou du moins le résultat eût été de flétrir son caractère, en le ren-
dant infidèle à la reconnaissance, l'obligèrent
bientôt à quitter la France.

En 1801, le grand-duc Alexandre monte sur
le trône de Russie.

Après les premiers soins accordés à l'intérêt général de ses vastes Etats, le nouvel empereur porte sa pensée vers ces provinces immenses, incultes, et presques désertes, que les conquêtes de Catherine II et des traités récens avaient unies à sa monarchie, et qui devaient lui assurer, dans un avenir plus ou moins éloigné, une grande influence sur les destinées de l'Orient.

Mais il fallait tout y créer, tout y fonder, et y appeler en même temps les hommes, la civilisation, le commerce et les arts. L'empereur Alexandre n'hésita pas un moment sur un choix aussi important aux vues de sa politique qu'au succès de ses intentions bienfaisantes pour un peuple naissant.

Dès le commencement de 1803, il nomma le duc de Richelieu gouverneur militaire d'Odessa, et, dix-huit mois après, confirmé dans toutes ses espérances par les rapides succès du nouveau gouverneur, il lui conféra le gouvernement général de toute *la Nouvelle-Russie*. Singulière destinée d'un jeune Français appelé à gouverner, avec l'autorité la plus absolue, un pays dont la surface égale celle de la France toute entière !

Jamais un pouvoir absolu ne fut déposé en des mains plus paternelles et plus bienfaisantes.

- Le nom d'Odessa n'était pas même connu il

y a quarante ans : il portait celui d'Haigi-Bey,
et ne consistait qu'en un amas de quelques ché-
tives maisons, et en un misérable fort, décoré
du nom de château, situé sur le bord du Pont-
Euxin. Tel est le local que M. de Richelieu choi-
sit pour en faire la colonie la plus florissante de
la mer Noire. Ce qu'il a voulu faire, il l'a fait ;
et Odessa, qui ne comptait que cinq mille âmes
lorsque M. de Richelieu y est arrivé, en renfermait trente-cinq mille lorsqu'il en est parti.

Ses soins, son activité, l'équité de ses règlemens, et, surtout, la loyauté de son caractère,
y fixèrent la confiance de toutes les nations
commerçantes. Il y créa tout. Établissemens publics et particuliers, règlemens de police, législation maritime, fidélité dans les transactions,
sûreté dans les relations sociales, établissemens
religieux pour les différens cultes, écoles d'instruction, théâtres, il embrassa tout dans son
infatigable sollicitude, et ce fut ainsi qu'il parvint à faire, en dix ans, d'une misérable bourgade, une ville magnifique dont toutes les rues,
tirées au cordeau, et plantées d'un double rang
d'arbres, reçoivent chaque année de nouveaux
embellissemens par quelques-uns de ces établissemens que nos plus anciennes villes de France
sont encore réduites à désirer pour l'utilité, la
salubrité, l'instruction, les plaisirs et les agré-

mens de la vie. On n'eut qu'une seule négligence à lui reprocher, et M. de Richelieu pouvait seul en être coupable : il laissa sa résidence telle qu'il l'avait trouvée, lorsque Odessa n'était qu'une bourgade ; mais, dans cette résidence, il donnait régulièrement quatre audiences par jour à tous les gens de la ville et de la campagne. On n'aura pas de peine à comprendre comment, dans une création subite et récente, il était nécessaire de prévenir toutes les discussions, et de régler tous les droits et toutes les prétentions. Il avait réussi à prévenir toutes les discussions judiciaires, civiles et commerciales, en s'offrant, lui-même, pour être l'arbitre et le juge de tous les différends. Il était législateur d'un peuple nouveau qui venait se former, croître et se développer sous ses yeux. La confiance absolue qu'il avait inspirée à tous les habitans de la nouvelle colonie, quoiqu'elle fût formée de vingt peuples divers, le laissait le maître de tout concilier, de tout régler. On se tromperait beaucoup si l'on supposait que son imagination, passionnée pour le bonheur des hommes, l'eût égaré dans de vaines théories, ou dans des systèmes d'une perfection chimérique. C'était toujours sur des calculs positifs, sur des connaissances locales, sur les usages et les mœurs de chacune des nations qui venaient vivre sous son gouvernemsnt paternel , qu'il combinait toues les lois et tous les règlemens.

La seule distraction qu'il se permettait à tant de soins divers , était d'aller tous les jours passer deux heures à ce qu'il appelait, en souriant, *son palais. Ce palais* était une petite maison de campagne de cinq croisées de face, au milieu d'un clos de quelques arpens, dont il avait planté lui-même les arbres , qu'il cultivait et taillait de ses mains. C'est la seule propriété qu'ait jamais possédée l'héritier du cardinal de Richelieu.

M. de Richelieu portait la même activité dans toute l'étendue de son vaste gouvernement. Il s'était attaché à favoriser la culture, en attirant sans cesse de nouveaux colons par la sagesse de ses actes, la douceur de son autorité, et en leur distribuant gratuitement des terres. Ces terres incultes depuis près de deux mille ans, n'attendaient que des bras et une administration paternelle. On vit tout à coup sortir d'immenses récoltes de cette terre encore neuve et vierge , et voilà l'origine de ces blés d'Odessa qui peuvent devenir une ressource si précieuse dans les temps de malheur et de disette. Le port d'Odessa leur offrait le débouché le plus commode et le plus assuré. L'empereur *Alexandre* voyait, du haut de son trône, s'ouvrir aux extrémités

de son empire de nouvelles sources de richesses pour ses Etats, et de bonheur pour ses sujets ; il jouissait avec une sorte d'amour-propre
des succès de M. de Richelieu, et s'applaudis-
sait de l'heureuse inspiration qui l'avait porté à
donner à cette partie de son empire le gouverneur le plus digne de représenter , pour
ainsi dire , son âme et sa bonté paternelle.

On peut tracer en une seule ligne l'histoire
de l'administration de M. de Richelieu : il a vu ,
en dix ans, la population d'Odessa s'élever de
cinq mille âmes à trente-cinq mille âmes, et la
population de son gouvernement s'accroître
d'un million d'âmes.

M. de Richelieu avait développé de grandes
qualités administratives : il lui manquait une
grande épreuve pour montrer que l'humanité
était en lui la première de toutes les vertus.

Il se vit tout à coup menacé de perdre en
quelques jours le fruit de tant de sagesse, de pa-
tience, de travaux et de succès. Il se vit même
menacé d'être la première victime du fléau des-
tructeur qui allait faire tant de victimes autour
de lui.

La peste se déclare tout à coup à Odessa,
au mois d'août 1812, au moment où il arrivait
de la Crimée, et se disposait à partir pour l'armée. Rien n'est plus admirable que la justesse,

2

la précision et la sagesse des mesures qu'il pres-
crivit pour préserver sa ville naissante d'une
ruine totale ; mais c'est dans l'*Histoire de la Nouvelle-Russie* (1) qu'il faut lire ces détails. Il suffira
de dire que jamais le gouverneur d'une ville en
proie à la plus terrible calamité, ne s'est dévoué
avec plus de constance et d'énergie.

« Il se portait partout, s'exposait sans cesse,
« et ne rentrait chez lui que pour prendre un
« léger repas (2). Il visitait les hôpitaux des pes-
« tiférés, assistait à toutes les délibérations des
« commissaires des quartiers, se portait aux
« barrières pour s'assurer de l'exécution de ses
« ordres, entrait dans les plus petits détails,
« fournissait de son propre traitement aux be-
« soins des indigens, distribuait des vêtemens
« par milliers. Odessa n'était plus qu'une grande
« famille souffrante, et M. de Richelieu en était
« le père. » Nous n'avons fait que copier les pro-
pres expressions d'un témoin oculaire. La peste

---

(1) Par M. le marquis de Castelnau.

(2) Nous étions trois, dont M. l'abbé de Nicolle était un,
écrit le même témoin oculaire, faisant quarantaine chez M. de
Richelieu ; nous mangions sans nappes ni serviettes ; et tant
que le fléau a duré, il ne nous est jamais arrivé, non seulement
de nous toucher, mais même que nos vêtemens se fussent tou-
chés.

fut reconnue le 28 août 1812 ; elle a été décidément arrêtée le 7 janvier 1813. Pendant ces quatre mois et quelques jours, sur une population de trente-cinq mille âmes , deux mille six cent cinquante-six personnes succombèrent, six cent soixante-quinze furent sauvées.

C'était ainsi que M. de Richelieu se préparait à préserver la France des mêmes calamités , si elle venait jamais à en être menacée.

Une nouvelle carrière allait s'ouvrir devant M. le duc de Richelieu. Les évènemens de 1814 ramenèrent en France le Roi et la Famille royale. Les titres honorables qui l'attachaient à cette noble cause le rappelèrent lui - même dans sa patrie pour assister à cette grande fête de la France. Il était de sa destinée, aussi, d'y retrouver l'empereur *Alexandre*, environné de toute la puissance de cette grande confédération de l'Europe , armée pour renverser les trônes usurpés , et rétablir les droits sacrés de la légitimité.

M. de Richelieu, témoin du bonheur de la France rendue au gouvernement de ses rois , partageait toutes les émotions des cœurs français. La réputation de son caractère l'avait précédé dans sa patrie. Les service qu'il avait rendus à un grand nombre de Français dans leurs relations de commerce , lui avaient mérité leur reconnaissance : ses qualités venaient ajouter un nouveau prix à la considération qui l'avait suivi en France; les connaissances utiles et agréables qu'il avait recueillies dans ses différens voyages, donnaient à sa conversation un intérêt toujours varié. Quoique ses relations en France ne fussent pas alors fort étendues à Paris, tous ceux qui avaient été à portée de le voir, de le connaître et de le juger, aimaient peut-être à se flatter que M. de Richelieu ne serait pas toujours perdu pour la France.

Il se trouvait à Paris à l'époque du 20 mars 1815, et il suivit la Famille royale dans sa retraite.

Paris, au mois de juillet suivant, reçut pour la seconde fois, avec les mêmes transports, ce Roi vénéré que son absence momentanée lui avait rendu encore plus cher, et dont la présence pouvait seule mettre un terme à toutes les calamités que Bonaparte était venu appeler sur la France.

Le changement total du ministère, au mois de septembre 1815, plaça tout à coup M. de Richelieu à la tête du gouvernement; et ici commencent à se mêler à la gloire de services bien éclatans, les amertumes et les contradictions d'une vie jusqu'alors si heureuse, si brillante et si honorée.

Messieurs, vous ne me demanderez pas, vous

seriez même étonnés de m'entendre porter un jugement sur les principales opérations qui ont marqué les deux ministères de M. de Richelieu. Les contemporains ne peuvent les juger avec une entière impartialité au milieu des intérêts, des combats et des passions des partis; au milieu des ressentimens, des amours-propres et des ambitions. L'histoire pourra seule les juger sans prévention, sans amour et sans haine. Les amis de la mémoire de M. de Richelieu attendront son jugement avec confiance, et entendront sa voix avec reconnaissance.

Nous ne dirons que ce qui ne peut être ni exagéré par l'amitié ni contredit par l'esprit de parti, ni suspect aux hommes de bonne foi, et qui cherchent sincèrement la vérité.

L'arrivée de M. le duc de Richelieu à la tête du gouvernement, réunissait tous les genres de convenance, et paraissait le plus propre à justifier toutes les espérances; il offrait surtout le mérite, devenu bien nécessaire, de n'appeler ni les irritations, ni les haines, ni les méfiances.

M. de Richelieu s'était créé, pendant les années de son exil, une existence qui n'appartenait, qui ne pouvait appartenir qu'à lui seul. Il se présentait à tous les regards et à tous les vœux comme l'homme de la France entière, et comme le réparateur appelé par la Providence pour réunir tous les Français dans une seule pensée, celle de sauver la France, descendue au dernier degré du malheur.

Mais il s'en fallait beaucoup que M. de Richelieu partageât la confiance qu'il semblait inspirer si universellement.

Personne n'ignore et personne ne conteste que M. de Richelieu n'accepta que malgré lui le terrible ministère qui lui fut imposé; et assurément, si l'on se représente l'état où se trouvait la France, on croira aisément que le pouvoir n'offrait à l'ambition ni l'espérance du bonheur, ni même celle d'une gloire pure et tranquille.

La seule consolation de faire un peu de bien, de prévenir beaucoup de mal, et d'obtenir le concours de tous les véritables amis du roi et de leur pays, pouvait séduire le cœur d'un homme vertueux.

Vous vous ressouvenez encore, Messieurs, du jour triste et solennel où M. de Richelieu vint lire, dans cette enceinte, le traité du 20 novembre. Vous pouvez vous rappeler l'accent douloureux avec lequel il prononça, d'une voix entrecoupée, ces paroles qui s'échappaient avec effort du fond de son âme oppressée : *Il faudrait n'être pas Français pour ne pas être accablé de douleur.*

Messieurs, on l'a déjà dit, ce traité du 20 novembre, quelque accablant qu'il fût, l'aurait été encore davantage si, par un concours de circonstances dont les détails appartiennent à l'histoire, et dont elle possède déjà les titres et les preuves, l'intervention de M. de Richelieu n'en eût pas détourné les résultats les plus funestes et les plus déplorables.

La convention du 20 novembre 1815, relative aux indemnités dues à des sujets étrangers, ne faisait que rappeler et confirmer les obligations contractées par la France dans un traité précédent. L'article 19 du traité du 30 mai 1814 portait « que le gouvernement français s'enga- « geait à faire liquider et payer les sommes qu'il « se trouvait devoir dans des pays hors de son « territoire, en vertu de contrats ou d'autres « engagemens formels entre des individus ou « des établissemens particuliers et les autorités « françaises, tant pour fournitures qu'à raison « d'obligations légales. »

Il était à regretter que les circonstances n'eussent pas permis de régler et de remplir cette clause du traité de 1814, pendant les huit mois qui s'étaient écoulés avant le 20 mars. On aurait pu espérer que l'esprit de modération qui avait marqué les actes des puissances alliées à l'époque de la première restauration, se serait

également étendu sur la liquidation de ces det-
tes ou réclamations, et que la bonne foi et la
générosité auraient établi une distinction rai-
sonnable entre les réclamations fondées des
sujets étrangers et les injustices dont le chef
du gouvernement français s'était rendu coupable, mais dont la France elle-même était in-
nocente.

Malheureusement les évènemens des cent-
jours étaient venus rallumer, d'un bout de l'Europe à l'autre, une irritation qui ne connaissait
plus de bornes, et dont la violence laissait
peut-être apercevoir encore plus le ressentiment de l'abus que les Français avaient fait de
leurs anciennes victoires, que le caractère d'une
coalition politique armée pour la paix et la sûreté de l'Europe.

Le sort des armes venait de mettre la France
à la merci de sept à huit cent mille hommes :
c'était l'Europe entière qui venait, les armes à la
main, non pas discuter des calculs et des chif-
fres, mais commander impérieusement toutes
les interprétations qu'il lui plairait de donner
aux articles du traité de 1814.

C'est dans cette grande circonstance que
M. de Richelieu se servant, pour le salut de la
France, de l'honorable ascendant que son ca-
ractère lui avait donné auprès des principaux

cabinets de l'Europe, sut employer, dans une juste mesure, la plus noble fermeté et une grande habileté. Il existe une lettre de lui au principal ministre d'une grande puissance, dans laquelle il l'invite « à ne pas porter au désespoir « une grande nation qui venait sans doute d'é- « prouver de grands revers, mais qui sentait « encore ses forces, et dont les ressentimens « pouvaient devenir terribles. » Il lui déclarait en même temps avec franchise, « qu'il serait « le premier à conseiller ce noble désespoir à « son Roi et à son pays, si l'on ne revenait pas « à un système de modération aussi conforme « à la saine politique qu'à la justice et à l'hon- « neur. »

Il parvint ainsi à désintéresser les puissances par des sacrifices justes et modérés.

Une circonstance heureuse avait porté les principaux cabinets de l'Europe, fatigués eux-mêmes de ces interminables débats, à travers lesquels il était difficile de démêler la justice et l'exagération, de confier tous leurs pouvoirs au duc de Wellington, pour prononcer, trancher et décider sur les innombrables et extravagantes prétentions qui venaient chaque jour s'accumuler dans les cartons de la commission de liquidation, formée des plénipotentiaires de tous les Gouvernemens.

La loyauté de M. de Richelieu avait fait sur le duc de Wellington l'impression qu'elle ne manquait jamais de produire sur tous ceux qui s'établissaient en relations avec lui. C'est le duc de Wellington qui a dit de M. de Richelieu ce mot si remarquable, qui, dans la bouche d'un étranger, renferme le plus grand éloge qui ait peut-être jamais été fait d'un Ministre : *La parole du duc de Richelieu vaut un traité.*

Les réclamations ou indemnités des sujets des puissances étrangères du continent, appuyées de pièces justificatives, s'élevaient à la somme de *neuf cent soixante-trois millions.* Elles furent réduites à *deux cent quarante millions* de capital nominal, représentés par *douze millions quatre-vingt mille francs* de rentes sur le grand livre.

Un pareil résultat n'a besoin ni d'éloges ni de commentaires.

De si grands services avaient touché profondément le cœur du Roi ; il en sentait tout le prix et se plaisait à le montrer à M. de Richelieu. Un travail facile, agréable, dégagé de tout ce qui porte l'empreinte d'une pédantesque importance, ou de ces sombres inquiétudes que les Ministres affectent quelquefois pour exagérer les dangers ou pour faire valoir leurs services, lui avait concilié le goût et la bienveillance du Roi.

Il avait, d'ailleurs, le premier de tous les avantages qu'un Ministre puisse avoir auprès d'un Roi, l'intime persuasion qu'aucune vue d'intérêt personnel, aucun sentiment d'amour-propre, aucune prévention de haine ou de vengeance, ne pouvaient approcher de l'âme de M. de Richelieu.

M. de Richelieu, par sa position et son caractère, n'avait rien à demander ni rien à désirer. Qu'aurait-il pu demander? qu'aurait-il pu désirer? Des titres, des honneurs, les grandes charges d'une glorieuse monarchie? il les avait trouvés dans son berceau; l'or? il le méprisait. Il n'avait aucun de ces goûts et de ces besoins qui compromettent souvent l'honneur et l'indépendance.

Son caractère même le rendait peu accessible à ces séductions qui flattent quelquefois les hommes. La gloire, cette belle illusion, pouvait seule toucher son âme grande et vertueuse; mais il observait avec douleur qu'il en avait vu trop souvent profaner le nom. Les vains succès d'amour propre lui paraissaient ridicules dans un homme public. La louange et les éloges lui inspiraient une estimable méfiance; il n'acceptait même qu'avec embarras la reconnaissance; il ne croyait presque jamais y avoir des droits; il n'avait rien de son siècle. La justice seule et le bonheur des hommes remplissaient toutes les affections de son âme; l'une était la règle inflexible de ses devoirs; l'autre, le noble but de toutes ses pensées et de tous ses vœux.

On croirait faire injure à la gloire de M. de Richelieu en parlant de son désintéressement. Il s'offensait même qu'on prétendît lui en faire un mérite. Cette vertu était si simple et si naturelle en lui, qu'il croyait, de la meilleure foi du monde, que tout le monde le possédait au même degré. Il est vrai que la nature avait fait M. de Richelieu si désintéressé de lui-même, qu'on aurait pu dire de sa vertu ce qu'on a dit du génie de La Fontaine. On pourrait même ajouter que, si l'on compare la différence des siècles, des mœurs et des pays, l'antiquité n'a jamais produit un modèle plus pur de vertu et de désintéressement.

Si l'on pouvait supposer à l'homme le plus naturel et le plus vrai qui ait peut-être jamais existé, le moindre calcul pour se donner un caractère qui n'eût pas été le sien, on pourrait imaginer qu'après avoir réfléchi sur les grands changemens que deux siècles, et une révolution qui à elle seule vaut un siècle, avaient apportés aux mœurs, au génie, aux habitudes et aux préjugés de la nation française, M. de Richelieu avait conçu la noble ambition d'obtenir,

par le seul ascendant de la confiance, de la raison, de la douceur et de la modestie, une autorité bien plus flatteuse pour un homme de
son caractère que celle que le cardinal, son
grand-oncle, entraîné par la nécessité impé-
rieuse de relever l'autorité royale abattue par
trente ans de guerres civiles et par l'audace
impunie de factieux trop puissans, n'avait con-
quise qu'en dominant son roi, en glaçant d'effroi
une cour consternée, qu'en combattant, sans
relâche, ses ennemis du dehors et du dedans ;
en imprimant la terreur de son nom partout
où il le faisait retentir ; et en couvrant sa vaste
ambition et sa profonde politique de tout le
faste d'une grandeur et d'une magnificence
royale : mais M. de Richelieu était si naturellement vertueux, que la vertu ne pouvait jamais
être pour lui l'objet d'un calcul ni le résultat
d'un système.

Le traité du 20 novembre renfermait quelques dispositions conditionnelles qui faisaient
dépendre la durée plus ou moins prolongée du
séjour des troupes étrangères de l'entier acquittement de la subvention imposée à la France,
et de la confiance que pouvait inspirer sa tranquillité intérieure pour la tranquillité du reste
de l'Europe.

Ce n'était pas sans peine que M. de Richelieu

était parvenu à faire insérer des clauses dont il se flattait de pouvoir faire l'usage le plus utile.

Il s'attacha à suivre avec persévérance, et en silence, un plan qui pût le conduire à accélérer la libération de la France, objet ardent de tous ses vœux.

Mais comment se flatter d'établir, tout à coup, dans un pays si récemment dévasté par deux invasions, et écrasé d'impôts de tous les genres, un système de crédit capable de suffire, non seulement aux charges ordinaires et extraordinaires, mais même à l'acquittement anticipé d'une créance pour laquelle on s'était cru obligé de demander de longs délais ?

Le mot seul de *crédit*, dans un pareil état de choses, ne parut au plus grand nombre que le rêve d'un homme de bien. On se rappelle toutes les objections qu'on ne manqua pas de soulever contre la seule proposition du premier emprunt ; mais rien ne put décourager M. de Richelieu, et il fut puissamment secondé par l'habile ministre des finances, M. Corvetto, qu'il avait appelé aux conseils du roi en même temps qu'il y était entré, homme dont les talens égalaient la probité, dont les éminens services, il faut le dire, n'ont peut-être pas été assez reconnus ni sentis.

Le succès du premier emprunt décida le suc-

cès de tous ceux qui ne tardèrent pas à suivre,
et qui devaient donner la vie au système politique de M. de Richelieu.

Il fallait ensuite écarter les motifs ou les pré-
textes que la malveillance étrangère pouvait
emprunter de l'état encore un peu équivoque
de notre situation intérieure. C'est sur ce point
si délicat, et sur lequel il était si difficile d'obtenir une illusion complète, que M. de Richelieu montra le plus d'art et d'habileté : il fit
sentir que les divisions d'opinions qui pouvaient
exister sur quelques points de législation, étaient
la condition nécessaire de tout gouvernement
représentatif, et que les rivalités des partis
pour arriver au pouvoir, étaient la maladie naturelle et inévitable de tous les pays ou l'activité
de l'esprit et l'inquiétude du caractère entre-
tiennent tous les genres d'ambition ; que de
pareilles agitations domestiques étaient peu di-
gnes d'attirer l'attention de l'Europe, et méritaient encore moins d'appeler son inquiétude.
Enfin il osa prendre sous sa propre responsa-
bilité la tranquillité de la France ; et ce fut sur
sa garantie personnelle que M. de Richelieu ob-
tint, au bout de deux ans, un premier et important adoucissement dont le traité du 20 novembre avait à peine laissé entrevoir la possibilité,
la diminution de trente mille hommes de l'ar-

mée d'occupation, et une économie de soixante millions pour leur entretien.

Un des jours les plus heureux de l'administration de M. de Richelieu, fut celui où il vint annoncer aux deux Chambres ce premier pas de la France vers son indépendance et son antique dignité.

Il est affligeant de le dire : peut-être ce grand bienfait ne fut-il pas senti comme il aurait dû l'être ; mais les passions étaient déjà en présence. Les passions peuvent-elles jamais être équitables, même dans un grand intérêt national ?

M. de Richelieu voyait dans ce premier adoucissement à la rigueur des traités, le gage et l'assurance d'une libération prochaine et absolue.

Mais il ne pouvait se flatter de l'obtenir qu'en se présentant aux puissances avec le prix de la rançon qui devait acquitter tous les engagemens imposés par les lois terribles de la guerre.

Une nation telle que la nation française était seule capable d'un si grand effort ; l'honneur lui inspira le plus généreux dévouement ; la confiance des deux Chambres, les sages combinaisons du ministre des finances, la rapide direction des esprits entraînés par de grands succès vers les spécu ations les plus hardies, donnèrent à M. de Richelieu des moyens supérieurs à ses espérances mêmes.

Sûr de sa position, il ne craint plus d'inviter les souverains et leurs ministres à se réunir dans un congrès pour leur demander d'exécuter le traité du 20 novembre dans sa véritable interprétation. Il arrive à Aix-la-Chapelle, et dit aux rois assemblés : « Vous avez voulu que la tran-« quillité de la France répondît de la tranquillité « de l'Europe : une expérience de trois ans vous « a montré que ma parole n'a pas été vaine. « Vous avez demandé sept cents millions, je « vous les apporte. »

Les voyageurs que les affaires ou la curiosité avaient attirés à Aix-la-Chapelle, observaient avec une sorte d'étonnement l'empressement flatteur des souverains et de leurs Ministres à montrer à M. de Richelieu tous ces égards et toute cette condescendance que le sentiment de la plus profonde estime pouvait seul exprimer sous des formes si honorables. L'appui de l'empereur Alexandre dut aplanir de grands obstacles ; le beau caractère et la belle réputation de M. de Richelieu avaient disposé d'avance tous les esprits à une bienveillance qui se laisse rarement apercevoir dans des négociations compliquées par de grands intérêts, et peut-être par de grandes méfiances. M. de Richelieu parut, dans cette circonstance si solennelle, plutôt le représentant d'une grande nation qui a son honneur à défendre et sa liberté à conserver, que le ministre d'une puissance qui vient demander à être délivrée d'un joug trop onéreux. Il était alors parvenu au plus haut point de sa considération diplomatique.

Jamais son cœur n'éprouva une émotion plus douce et plus pure qu'au moment où, en revenant d'Aix-la-Chapelle à Paris, il rencontra sur sa route les différens corps des troupes étrangères qui venaient de quitter la France.

Les lettres que M. de Richelieu écrivit au Roi pendant le congrès d'Aix-la-Chapelle, et que Sa Majesté fit lire dans son conseil, passent, dans l'opinion de tous ceux qui en ont eu connaissance, pour des modèles de dignité, de sagesse et de considérations profondes sur les grands intérêts de l'Europe.

Peu d'hommes d'Etat ont possédé à un degré si remarquable le talent d'écrire comme un homme d'Etat doit écrire. Rien n'est comparable à l'étonnante facilité avec laquelle il rendait toutes ses idées, sans jamais chercher ses expressions, qui venaient naturellement se placer sous sa plume, et qui étaient toujours les plus convenables aux choses, aux personnes et aux circonstance. C'était à la fois le style du Ministre d'un grand Roi, et celui d'un homme du monde plein de politesse et d'égards. Toutes les dépêches importantes adressées aux agens du Roi dans les cours étrangères, étaient écrites de sa main, et n'offrent ni ratures, ni recherches, ni efforts. Nous avons la ferme confiance que ce recueil si intéressant des opérations diplomatiques de M. de Richelieu ne sera pas perdu pour l'histoire. Est-il convenable, après de si grandes choses, d'observer que jamais aucun Ministre ne s'est moins servi de ses secrétaires? Il n'était pas un particulier un peu connu à qui il ne répondît de sa main avec empressement, franchise et obligeance.

M. de Richelieu était à peine revenu à Paris, qu'il fut menacé de voir s'évanouir le succès de toutes les opérations qu'il avait si heureusement consommées à Aix-la-Chapelle. Il était convenu avec les différens gouvernemens des époques assez rapprochées où le paiement de leurs créances serait acquitté ; il avait réglé tous ses calculs sur l'état où il avait laissé la place de Paris ; mais quelques spéculateurs imprudens se confiant trop légèrement à l'essor que la France avait si rapidement obtenu, franchirent toutes les mesures de la sagesse et de la prévoyance ; ils en furent les premières victimes ; mais la place de Paris fut tout à coup bouleversée, et les effets publics tombèrent avec la même rapidité qu'ils s'étaient élevés. Cette révolution inattendue changeait tous les calculs du gouvernement, trompait toutes ses espérances, et compromettait toutes les conventions arrêtées à Aix-la-Chapelle, par l'impossibilité absolue de les remplir. Ce fut encore dans cette grave circonstance que M. de Richelieu recueillit le prix de l'estime personnelle que lui accordaient tous les gouvernemens. Comment oser demander de déroger aux dispositions d'un traité conclu dans un congrès solennel formé de la réunion des plus grands souverains de l'Europe, au moment même où il venait d'être signé? Comment se flatter que les Ministres de ces souverains se permissent de prendre sur eux de changer une seule de ses dispositions, sans attendre leur autorisation? Cependant le moindre délai suffisait pour rendre encore plus imminent le danger d'une crise à laquelle la fortune publique toute entière était attachée. On apprit tout à coup, avec une admiration mêlée de reconaissance, que, sur la seule demande de M. de Richelieu, et sur la seule confiance attachée à sa loyauté, tous les Ministres étrangers résidant à Paris, avaient consenti, au nom de leurs gouvernemens, à accorder à la France un nouveau délai de dix-huit mois pour remplir ses engagemens.

Vous pouvez vous rappeler, Messieurs, que ce fut à cette époque qu'un concours de circons-

tances extraordinaires sur lesquelles il n'est ni
convenable ni nécessaire de s'expliquer, fit pen-
ser à M. de Richelieu que le moment était arrivé pour lui de se retirer des affaires ; vous
vous rappelez également avec une douce satis-
faction, que, sur la proposition même des deux
Chambres, réunies dans leurs sentimens d'estime et de reconnaissance pour les grands services qu'il avait rendus à l'Etat, une récompense
nationale fut décernée à M. de Richelieu ; vous
savez le noble usage qu'il en a fait.

M. le duc de Richelieu consacra les premiers
mois de sa liberté à parcourir quelques parties
de la Suisse, de l'Italie et de la Hollande. Les
voyages étaient toujours pour lui un objet d'instruction, encore plus que de distraction et d'a-
grément. Ses goûts et ses connaissances aussi
variées qu'étendues dans toutes les branches de
l'économie politique, lui faisaient observer avec
avidité, dans les pays étrangers, tout ce qui
pouvait tourner au profit de l'humanité et du
perfectionnement de l'ordre social.

Il était revenu à Paris vers la fin de 1819 ; il
avait annoncé la ferme détermination de ne plus
rentrer dans les affaires ; il s'était même refusé
aux sollicitations pressantes qui venaient de lui
être renouvelées, et il se disposait à partir le
14 février 1820, de grand matin, pour aller,

au nom de Sa Majesté, féliciter le roi Georges IV sur son avènement au trône, lorsque dans la nuit du 13 au 14, le plus horrible des attentats vint porter la douleur dans la maison de nos Rois, et répandit le deuil sur toute la France.

M. de Richelieu avait résisté à toutes les considérations politiques; il ne put résister aux touchantes instances de la Famille royale éplorée; lui sur qui le malheur avait toujours des droits, il ne pouvait hésiter lorsque d'augustes infortunes lui demandaient de se dévouer.

Il se sacrifia; en faisant son sacrifice, avait-il la conviction consolante qu'il pût devenir aussi utile qu'on le jugeait nécessaire ?

Il se traça, en acceptant pour la seconde fois le terrible fardeau qui lui était imposé, un plan de gouvernement dont il ne s'est pas écarté un seul instant pendant tout le cours de son second ministère, celui de seconder le triomphe des principes monarchiques, en les liant, par un lien indissoluble, aux libertés publiques, sans se permettre un seul acte d'oppression contre les partisans des doctrines opposées. Ce plan devait sans doute se manifester par le choix des personnes, par la distribution des emplois, par la dispensation des faveurs.

Une telle marche, si conforme aux vues et aux sentimens du Roi, fut couronnée par son approbation et par le succès le plus complet. M. de Richelieu, ennemi, par caractère et par sagesse, de toutes les réactions, se permit à peine quelques changemens en très-petit nombre, et absolument indispensables. Cette mesure même servit puissamment à assurer la confiance, et à garantir la stabilité de tous les administrateurs et de toutes les administrations. Toutes les places et tous les emplois dont la disposition devint libre par le cours naturel des choses, furent accordés avec empressement aux amis de la monarchie. On ne peut citer à cet égard un seul fait qui se soit trouvé en contradiction avec les principes avoués et professés par M. de Richelieu. La justice et la bonne foi obligent de déclarer hautement que tous les collègues qu'il s'était associés, et dont les talens supérieurs sont généralement reconnus, se conformèrent, avec autant de zèle que de sincérité, à la direction qu'ils jugeaient eux-mêmes la plus utile et la plus nécessaire au salut de la France. A travers beaucoup de déclamations auxquelles une grande administration ne peut pas totalement échapper, on serait embarrassé de citer une plainte justement fondée.

Tous les actes publics du gouvernement furent donc en harmonie avec le plan adopté par

M. de Richelieu. La loi des élections fut modi-
fiée. Une proclamation du Roi vint annoncer à
tous les collèges électoraux de France, les vœux
et les espérances du Monarque. M. de Richelieu
se borna à exercer dans les élections la seule
influence qui pouvait appartenir à son âme
noble et élevée, celle d'une douce confiance en
l'amour du Roi pour le bonheur de ses peuples,
et en l'amour de la France pour le Roi.

La France recueillit tous les bienfaits de cette
administration si douce , si paternelle. Le plus
grand calme régnait dans toute l'étendue des
départemens. Si quelques hommes, heureusement devenus bien rares, ennemis de leur propre repos et de celui de leur pays , osaient ha-
sarder quelques tentatives criminelles , elles
étaient aussitôt réprimées que conçues.

Les faits parlaient donc hautement, et attes-
taient à la France l'heureuse influence d'une
administration qui avait fait tant de bien dans
le court intervalle de vingt mois.

L'évènement le plus heureux pour la France
vint ajouter une nouvelle ardeur au zèle, au
courage et aux espérances de M. de Richelieu.
On fut touché du bonheur si pur que lui fit
éprouver la naissance de monseigneur le duc
de Bordeaux, et de l'espèce d'abandon avec lequel il partagea la joie du peuple. Il trouvait

dans ce grand bienfait du ciel, un gage de stabilité pour le bonheur de la France et la paix de l'Europe. Son dévouement sans bornes pour le Roi le fit jouir, avec une délicieuse émotion, de toutes les consolations que cet enfant, donné de Dieu, allait apporter à l'âge et aux infirmités d'un Prince long-temps malheureux, qui se voyait tout à coup renaître dans une longue suite d'héritiers. Des jours plus propices allaient enfin reluire pour une famille auguste, frappée par un coup horrible dans ce qu'elle avait de plus cher, et s'arrachant à ces tristes images du crime et de la mort, pour goûter encore quelque bonheur sur la terre.

M. de Richelieu croyait donc toucher à l'accomplissement de ses vœux les plus chers. Il apercevait dans un avenir plus éloigné le terme heureux vers lequel il soupirait sans cesse, celui où la France, soulagée du poids de tant de charges accablantes, pourrait recueillir tous les bienfaits que la nature s'est plu à répandre avec tant d'abondance sur cette terre favorisée du ciel.

Vous savez, Messieurs, comment un genre de contradiction que la prévoyance la plus inquiète n'aurait pu même supposer, est venu arrêter le développement d'un système conçu dans les intentions les plus pures, et suivi avec tant de persévérance et de succès.

M. de Richelieu, perdant l'espérance d'être utile comme il croyait pouvoir et devoir l'être, a dû se retirer. Sa retraite, à l'époque de son premier ministère, n'avait excité en lui aucuns regrets : il n'en a pas été de même en cette dernière circonstance, et il l'a avoué hautement, sans faste, sans ostentation, et avec toute la simplicité d'une âme toujours vraie. C'est encore le plus beau trait peut-être de cet admirable caractère. Il savait que le soupçon d'aucun intérêt, d'aucun sentiment personnel, ne pouvait se mêler à l'expression de ses regrets ; on ne pouvait se méprendre sur les motifs de cette douleur noble et vertueuse. C'est la France elle-même qui a dit d'une voix unanime, que M. de Richelieu n'a regretté que le pouvoir de faire le bien. Plus il s'était flatté d'être arrivé au terme de ses vœux, plus son cœur a été déchiré de voir s'évanouir la pensée dominante de toute sa vie : la vie ne pouvait plus avoir aucun intérêt pour lui.

Il serait inutile de le dissimuler : les derniers jours de M. le duc de Richelieu ont dû être pénibles et douloureux. Son cœur avait été profondément atteint ; il dédaignait le pouvoir, les honneurs, les richesses ; il ne respirait que la gloire du Roi et le bonheur de la France. Il avait vu se réaliser, pendant son second ministère, une grande partie des espérances dont il avait toujours aimé à se nourrir.

La France, heureuse et paisible sous les lois paternelles d'un Roi sage et éclairé, offrait à l'Europe étonnée le spectacle d'une grande nation sortie, comme par enchantement, d'un profond abîme. La loyauté et la capacité si connues de M. de Richelieu, inspiraient aux gouvernemens étrangers la confiance et la sécurité : il était le lien de la France et de l'Europe. La fidélité du Roi à remplir tous les engagemens que les malheurs de la guerre avaient imposés, conciliait à son Gouvernement l'estime et le respect de toutes les nations. Au milieu des convulsions qui agitaient quelques contrées de l'Europe, la France avait su conserver sa dignité et sa paix intérieure. Les lois recevaient, dans toutes les parties du royaume, une exécution douce et facile ; l'autorité ne se laissait apercevoir que pour protéger l'ordre public, et affermir le calme si nécessaire après tant d'agitations. Toutes les institutions commençaient à prendre de la stabilité. Cette mobilité inquiète qui entretenait tant de craintes, d'espérances et d'ambitions mal réglées, commençait à s'amortir. Les administrateurs, libres de cette anxiété qui les laissait toujours incertains de leur sort, assurés désormais de leur considération et de leur existence, se montraient jaloux de justifier la confiance d'un Gouvernement qu'ils auraient trouvé inexorable s'ils eussent trompé ses vues et ses intentions. Le calme était devenu si universel, que, pour me servir d'une expression de M. de Richelieu lui même, *la correspondance des départemens était devenue presque insipide,* par l'uniformité des dispositions rassurantes et paisibles dont elle retraçait le tableau d'un bout de la France à l'autre. A la suite de ces images si satisfaisantes, on voyait tous les prodiges de l'industrieuse activité des intérêts particuliers au milieu du repos général. Un court intervalle de quelques années allait suffire pour élever la fortune de la France à uu degré de prospérité presque fabuleuse; des canaux s'ouvraient sur les points les plus importans du royaume; et un plan général conçu et arrêté, allait étendre ces fleuves de richesses et d'abondance sur toutes les parties de l'Empire.

Nous avons la ferme confiance qu'un tel avenir ne sera point trompé, et parlera plus haut que nous ne pourrions le faire pour l'honneur et la gloire de celui qui en avait conçu la pensée, et suivi avec tant de bonheur les progrès.

Il est difficile de savoir s'il a été donné à M. de Richelieu d'envisager la mort; mais ce qu'on peut supposer avec vraisemblance, c'est qu'il en aura vu les approches sans regret. Il était entièrement détaché de la vie. Toujours fidèle à sa vertu, ses derniers vœux auront certainement été pour son Roi et pour son pays. Le ciel ne sera pas indifférent aux généreuses inspirations de l'âme la plus vertueuse et du cœur le plus français : il aura au moins trouvé dans le tombeau le repos dont il n'est pas donné au juste de jouir sur la terre.

Me serait-il permis, Messieurs, de parler de ma douleur personnelle, au milieu de tant de témoignages bien plus honorables à sa mémoire ?

L'amitié de M. le duc de Richelieu était venue me chercher au fond de la retraite à laquelle de cruelles infirmités me condamnent depuis tant d'années ; j'ai pu observer dans toute leur pureté, et, si je puis le dire, dans toute leur naïveté, toutes les impressions de cette âme si transparente, qui n'avait rien à dissimuler, parce qu'elle n'avait rien à cacher ou à désavouer. Elle était la première à s'accuser elle-même lorsqu'elle croyait avoir l'apparence d'un tort à se reprocher. Sans doute, j'y ai reconnu souvent l'expression de cette susceptibilité délicate qui ne peut être indifférente à de grandes injustices, mais jamais je n'y ai aperçu la trace du moindre ressentiment personnel. Sûr de n'avoir pas mérité des ennemis, jamais il n'a cru en avoir. Il eût été le plus malheureux des hommes s'il eût donné à un seul le droit de l'être. Ses défauts même le rendaient cher à ceux qui approchaient en quelque sorte de sa conscience : ils tenaient tous à des vertus de l'ordre le plus élevé. La plus juste, la plus profonde reconnaissance était encore le plus faible des liens qui m'attachaient à cet homme si attachant. Son image sera toujours présente à ma pensée pendant le peu de jours qui me restent à passer sur la terre.

Mais comment puis je m'arrêter si long-temps sur ma douleur personnelle, en pensant aux douleurs d'une épouse vertueuse pour laquelle il était l'objet d'un véritable culte ; à celles de deux sœurs inconsolables qui l'environnaient avec un intérêt si touchant, de leurs soins, de leur tendresse, de leur amour ; qui avaient placé en lui le charme, la douceur, et toutes les consolations de leur vie ; auprès de qui il venait toujours chercher cette paix de l'âme et ce repos de l'esprit nécessaires à l'agitation d'une existence tourmentée par de si grands intérêts et de si pénibles travaux ?

Puisse leur profonde douleur recevoir quelque adoucissement dans les tendres soins que réclame de leur piété fraternelle le jeune héritier appelé à perpétuer un si beau nom ! C'est à la main maternelle à graver dans son âme naissante la première empreinte de ces nobles sentimens de vertu et d'honneur dont un frère adoré a laissé le modèle le plus pur à la France, à l'Europe, à la postérité.

FIN.